De luna llena

De luna llena

Carlos II Ocasio Díaz

De luna llena es un trabajo de ficción. Cualquier semejanza a personas, vivas o muertas, es completamente casual.

ISBN: 978-0-9650-1190-7

© Diseño: Proyecto O

Para Deborah y Nancy Ocasio

No todo se vence.
Algunas cosas se mantienen dormidas.

DE BESTIAS Y BESTIAS

Una batalla entre el corazón y los colmillos

—No tengo alternativa —dijo Gamés, con las pupilas reflejadas en las del lobo. Unidos por un mismo cordón umbilical, no había salida: había que vendarle los ojos.

Atento a Gamés, el lobo entornó los ojos con agudeza. Gamés sostuvo la mirada del animal y, con cautela, extendió el brazo hacia la vasija de barro. El lobo alzó la cabeza. Observó al muchacho con una precisión inquietante.

—Tranquilo —dijo Gamés, mientras metía la mano en el recipiente.

El lobo se enderezó por completo. La firmeza de su pisada dobló la paja del suelo. Bajó un poco la cabeza, preparado para mostrar los colmillos. Gamés frenó el movimiento y mantuvo la mano dentro de la vasija.

—Se acabó el agua y la leña, hay que ir por más a la plaza.

Sin pestañear, el lobo retrocedió unos pasos. La hebra entre ambos se tensó y Gamés frunció el rostro.

—¡Duele!

El lobo se retiró al máximo, tensando el cordón. El muchacho soltó un quejido entre dientes. Con la mano libre, agarró la manga gomosa y la tiró, a pesar del dolor. Forzado, el lobo dio un paso hacia adelante.

—Escúchame —dijo Gamés, todavía con la otra mano dentro de la vasija—, tú necesitas agua, yo necesito agua, tú necesitas leña para calentarte de noche, yo necesito leña para calentarme de noche… Tenemos que ir al mercado.

El lobo pestañeó.

—Para poder salir, tengo que vendarte los ojos. Sabes que no quisiera tener que hacerlo, pero si te vuelven a ver sin la venda nos echarán de aquí. La amenaza de los soldados es real. Han expulsado a otros como nosotros. Te lo he repetido hasta gastarme la voz: desamparados en el desierto no sobreviviríamos ni un solo día, ¿me estás entendiendo?

El lobo, inmóvil, con la atención fija en Gamés, se erguía como una estatua de piedra, un monolito similar a los toros alados que flanqueaban la entrada principal del pueblo, más guardián que bestia, más signo que cuerpo.

—Te prometo que en la plaza avanzaré lo más que pueda. Luego nos encerraremos aquí. Yo pinto los vasos de barro, y tú tendrás los ojos al descubierto. Hasta que tengamos que volver a salir. El maestro ya no puede traernos lo que necesitamos. Está muy viejo.

El lobo pestañeó otra vez.

Con la mano libre, Gamés secó el sudor que se acumulaba sobre sus labios. Deseaba secarse por completo, pero la mirada del lobo decía: «muévete un poco más, y te mato».

Aunque detuvo el movimiento, el sudor resbaló por su torso marcado por cicatrices, hasta tropezar con la banda del taparrabo. La tela empapada no absorbió ni una gota más. Inhaló profundamente, preparado para enfrentarse a la próxima prueba de su vida. Sin apartar la vista del animal, hundió la mano en la vasija.

—Uno… dos…

Con la rapidez de la mordida de una cobra, Gamés sacó el pedazo de lino. El lobo se erizó por completo. Bajó las orejas, elevó el lomo y mostró los colmillos. En un acto reflejo, el muchacho escondió la venda en el puño, dobló las rodillas y se inclinó hacia adelante, adoptando una postura de ataque. El lobo gruñó; Gamés lo imitó, enseñando sus propios colmillos.

Afuera, las nubes en tránsito dejaron al descubierto el sol. Los rayos cenitales atravesaron el techo de paja, y por un instante, la choza pareció encenderse en llamas.

Deslumbrado por el resplandor, el lobo alzó la vista. Sin perder un segundo, Gamés se lanzó sobre él. Ambos cayeron sobre la tierra apisonada. Mientras forcejeaban, el tamo y la paja se les iban pegando al cuerpo.

La tensión viva entre ambos se les enredó entre los cuerpos.

Las patas traseras del lobo golpearon el taburete de madera. Cuatro vasos de barro, recién pintados por la mano de Gamés, volaron por el aire y se estrellaron contra el suelo. Estallaron en pedazos.

—¡Me van a hacer pagar por eso!

El coraje inyectó brío a Gamés. Con un golpe certero, le estampó el puño en la cabeza al lobo. Aullidos. El animal retrocedió, buscando levantarse. Gamés avanzó, se le lanzó al cuello. Con un brazo doblado, le atrapó la cabeza en una llave. El lobo intentó sacudirla, agitando la cabeza de un lado a otro.

—¡Quieto!

El animal mordió la venda justo cuando Gamés la agarró por la punta.

—¡Suéltala!

Gamés tiró de un extremo; el lobo respondió con una fuerza contraria. La tela se desgarró de golpe, dejando uno de los jirones colgando de sus colmillos, empapado de saliva, agitándose con la respiración caliente del animal.

Con un sacudón violento, el lobo se zafó del agarre. Gamés acercó el otro pedazo de tela a sus ojos, mostrándole lo que había hecho. Sin soltar el suyo, el lobo gruñó con rabia creciente, como diciéndole a Gamés: hasta aquí llegaron tus putas vendas.

—Ganaste —gruñó Gamés, desplomándose en el suelo.

Arrojó la venda lejos y recostó la espalda contra la pared de paja. No le importó que el material áspero lo hincara. Sus ojos marrones se empañaron. Desvió la mirada hacia el hueco de la ventana, un simple corte en la paja, y fijó la vista en el tope de la muralla, allá a lo lejos, inmóvil sobre la llanura.

«Al otro lado de la muralla moriremos», pensó. «Aquí está la convivencia, aquí está la supervivencia».

Miró a su animal, los ojos suplicantes, como si pidiera lo que, en ese instante, creía imposible.

—Tiene que existir la manera en que tú y yo podamos convivir sin hacernos daño.

El lobo observó las lágrimas de Gamés. Cesó de gruñir, separó los dientes, y la otra mitad de la venda cayó al suelo. Casi arrastrándose, un cachorro subyugado, se acercó a él.

Gamés se limpió las lágrimas.

—No llores —dijo para sí.

La lágrima no detenía la sangre; solo la volvía más salada.

Cuando el lobo acercó el hocico al cuello de Gamés, él suspiró y desvió la mirada. Quería odiar al animal. Imposible. Sería odiarse a sí mismo. Su puño se estiró, tenso, luego se relajó, abriéndose, y lo acarició en la cabeza.

—Te entiendo… Pelearía igual que tú, si alguien intentara vendarme.

Los lamidos del lobo parecían arrancar cada lágrima de Gamés. Luego, recostó el hocico sobre su hombro.

«Tenemos que ir al mercado», pensó el muchacho. «Pero no te pueden ver otra vez así con los ojos al descubierto».

Una lagartija inmóvil rompía el patrón de la paja. De pronto, saltó a la sábana del camastro. Gamés la siguió con la mirada un instante... y luego fijó los ojos en la tela. La idea lo golpeó. La sábana le reveló la salida.

«¿Cómo no se me había ocurrido eso antes?».

Les regresó el brillo a los ojos.

Animado, Gamés intensificó las caricias hasta lograr que el lobo se echara sobre la paja. Sin revelar la oleada de ánimo, apoyó la mano en el vaivén del pecho del animal.

—Tranquilo... aquí nos quedamos. Duerme.

El sol caía y las sombras se alargaban dentro de la choza. Finalmente, el lobo dormía. Apenas se le movía el pecho, lento y profundo. El corazón de Gamés, en cambio, le golpeaba las costillas. Con el pulso en la garganta, estiró el brazo hacia la sábana.

Crispó el rostro, intentando sofocar el alboroto que le rugía dentro. Con el miedo pegado a la punta de los dedos, tanteó la tela. Se estiró al límite y la sujetó firme. Contó hasta tres en su mente.

Tiró con fuerza de la sábana. El lobo abrió los ojos de golpe y se alzó en cuatro patas, feroz y rápido. Pero Gamés fue más rápido aún. En un instante, la tela se le enredó en la cabeza, cegándolo y atrapándolo sin escape.

Quietud: el nudo. El pulso.

Gamés puso las manos sobre el pecho, sintiendo el latir desbocado. Exhaló, la piel aún vibrante de nervios. Con dedos torpes, desenredó el lazo que los ataba. Dos veces tuvo que alzar las patas traseras del lobo para liberar la maraña. Terminado, se pasó la mano por la frente empapada y sacudió la paja que se pegaba al cuerpo, como polvo de una batalla reciente.

—Lo logré, lo logré —dijo, en cuclillas, ajustando con manos temblorosas el nudo de la sábana.

«Mal hecho», pensó, hundido en la pena.

—Te prometo que avanzaré.

Enrolló el cordón hasta formar una argolla. Metió el brazo, dobló el codo y atrapó todo contra el bíceps. Al cargar al lobo, el peso tensó sus músculos y las venas se marcaron en sus brazos. Pero avanzó con paso firme, decidido hacia la salida.

El sol le quemaba la mirada, pero no la achicó. Quiso correr como un guepardo. Los espejismos brotaban y morían ante sus ojos con la misma rapidez. Sin pensar, agradeció la dureza de sus plantas: pies curtidos al calor, a la arena, a las piedrecillas que cortaban el camino…

El cansancio apretaba sus músculos y el agarre sobre el lobo se aflojaba. El animal comenzó a deslizarse entre sus brazos sudados. Quizá fue el sudor mezclado con el trote, el roce de sus cuerpos, la fuerza del viento, o la voluntad misma del lobo, pero el nudo de la sábana cedió, soltándose poco a poco.

En el corazón del mercado al aire libre, Gamés soltó al lobo y dejó caer el envoltorio del cordón. Sin aliento, se dobló sobre la tierra, apoyando las manos en las rodillas. Cerró los ojos y respiró hondo, intentando calmar el incendio que le palpitaba en el pecho. La garganta le ardía como fuego seco; jamás había sentido tanta sed.

El lobo sacudió la sábana y se descubrió por completo. Decidido a vengarse, cauteloso de no agitar el cordón, se plantó tras la espalda de Gamés.

Aún con los ojos cerrados y tratando de estabilizar la respiración, Gamés escuchó el bullicio del gentío. Reconoció sin dificultad los sonidos de cabras, ovejas, patos, vacas, camellos…

Entre sonrisas, saboreó la victoria de estar ahí, en medio del bullicio, tras una lucha agotadora que parecía imposible. Inhaló hondo el olor agridulce del mercado: trigo, cerveza y vino de dátiles, su bebida favorita, se mezclaban en el aire, como recompensa silenciosa a su esfuerzo.

«Estoy aquí», pensó. «¡Lo logré!».

—Agua —salió de su boca, áspero y cortado, la voz hecha trizas.

Una señora gritó hacia Gamés, espantada. Los aullidos de su propio lobo, atado a ella, replicaron sus gritos de alerta. Encendidos por el brillo ardiente del atardecer, los ojos del lobo de Gamés, sin venda ni ataduras, brillaban salvajes y desafiantes, libres y muy abiertos en medio del caos. Esa mirada, que llevaba en sí la fuerza de un ejército de guerra, desató un murmullo colectivo de horror entre la gente, pues rompía todos los límites de lo imaginable.

—¡Cúbrele los ojos! —gritó la señora, con voz rasgada.

Gamés solo movió un instante los ojos y vio al lobo, ya lanzado en el aire, venir directo hacia él.

El lobo lo arrolló. En pleno salto, antes de tocar el suelo, Gamés giró en el aire y cayó boca arriba, de cara al animal. Rodaron cuerpo contra cuerpo, envueltos en una nube de polvo. El rugido del lobo retumbó en su pecho como un trueno. El peso del animal lo aplastaba, feroz, y Gamés resistió con los dientes apretados, los músculos tensos y la mirada clavada en esos ojos salvajes que lo desafiaban a quemarropa. El lobo le hundió los colmillos en el costado. Gamés gritó, furioso, y le dio varios golpes en el cuello y el hocico. El chasquido de los puños se mezclaba con gruñidos y jadeos, un concierto salvaje de violencia y desesperación. Gamés devolvió la mordida con rabia, clavándole los dientes en el pelaje espeso.

Todos los sonidos del mercado, las cabras, los camellos, los patos, incluso los gritos de advertencia, se borraron. Solo quedaba el estruendo crudo del combate.

—¡Tápale los ojos! —gritó un señor—. ¡Tápale los ojos!

Agitados por el pánico, los lobos vendados aullaron con desesperación creciente. Enredaron sus patas en las piernas de la gente; algunos se enredaron con los cordones. Otros, ansiosos por avanzar, tironearon de sus amos, causando tropiezos y golpes entre las personas.

—¡Socorro! —gritó Gamés.

Durante el forcejeo, Gamés y el lobo derribaron personas y estantes, arrastrando todo a su paso en un torbellino desenfrenado. Granadas y dátiles rodaron sin control, golpeando pies y haciéndolos tropezar, mientras otras frutas rodaban tambaleantes entre los escombros. Tinajas gigantes se volcaron con estruendo, rajándose como cráneos partidos. El vino y la cerveza brotaron en cascadas pegajosas, filtrándose por las grietas del suelo reseco, formando charcos que atraían miradas aterradas y manos temblorosas. La tierra curtida, oscura y sedienta, los tragó vorazmente, como una bestia hambrienta que bebe la vida misma. En medio del estrépito, el bullicio del mercado se convirtió en un grito enloquecedor, una tormenta de furia y de miedo que parecía devorarlo todo.

Las cabras y otros animales de ganado se zafaban a empellones de las manos sudadas de sus dueños, chocando entre sí, resbalando, embistiendo cestas y piernas en su huida desbocada. Varias jaulas de pájaros grises y negros se estrellaron contra el suelo. Sus puertas, hechas de ramas secas y atadas con hilos, se rompieron al instante. Las aves saltaron como disparos al aire, batiendo las alas con furia, desordenadas, una nube de gritos. En cuestión de segundos, sobrevolaron el mercado y cruzaron las murallas, perdiéndose en el cielo como una fuga de almas.

Entre los escombros y el caos, unas manos intentaban enderezar una jaula que destacaba sobre las demás. No era para vender, sino para exhibir: alta, con finos entrelazados de ramas que parecían tejidos por manos sagradas, coronada por una esfera envuelta en cintas plateadas. Pero la jaula cedió y, con un aleteo súbito, las palomas albinas escaparon en desbandada, rozando los dedos que habían intentado retenerlas, dejando atrás el vacío y el ruido de las alas.

Cruzaron el aire y giraron en círculos sobre la torre de vigilancia. Sus blanquísimas alas resplandecían bajo el sol, mientras sus sombras danzaban en el suelo de piedra, justo donde un soldado, ajeno al caos, masticaba la granada más lustrosa y jugosa del mercado.

Reclinado contra el muro de adobe, algo resguardado del sol, el soldado alzó la vista al cielo. Allí estaban las palomas albinas, las mismas que sabía destinadas al sacrificio bajo la luna llena. El rostro se le tensó en una mezcla de sorpresa y temor, con un dejo de confusión. Cesó de masticar semillas y apartó la granada de la boca justo cuando una de las palomas descendía con un aleteo preciso, viniendo directo hacia él.

El ave aterrizó en el borde de la torre. Vio el sello de la aldea en el disco de barro atado a la pata. Un latido de adrenalina le recorrió el cuerpo, tensando sus músculos. Desde la sombra, su lobo vendado percibió el cambio; el sol encendió su pelaje cuando salió con alerta. Moviéndose con rapidez, siguió el rastro del olor del ave. Espantada, la paloma alzó vuelo. El lobo se agitó inquieto, dando vueltas de un lado a otro.

El soldado aguzó sus sentidos, y su corazón dio un salto inesperado que lo puso de pie. Captó el pánico que brotaba desde el mercado. Dejó caer la granada y escupió las semillas a medio masticar.

Cubriéndose del sol con la mano, divisó al muchacho atrapado bajo las fauces del lobo. Sin venda. Un torbellino de confusión atravesó su mente: ¿cómo pudo permitirse algo así? ¿Qué había fallado? Pero la incertidumbre se tornó en coraje. Desde lo alto de la torre, el caos del mercado se extendía como una herida abierta, un pandemonio que exigía su intervención. Con el cuerpo actuando antes que la mente, tomó su lanza. De prisa levantó la pequeña plancha de madera del piso y, seguido por su lobo, bajó los escalones hacia la planta principal de la torre.

Abajo, en el aula donde el maestro, un anciano de barba y cabellos blanquísimos, enseñaba a los niños, sus ojos buscaron por la ventana la posición del sol. Durante años había aprendido a reconocer el instante exacto que marcaba el cambio de turno entre los soldados. Pero ese momento aún no había llegado.

Sorprendido por las apresuradas pisadas que bajaban por las escaleras antes de tiempo, ocultó de inmediato, con cuidado, tras su espalda la pequeña venda que sujetaba. Se echó de lado con rapidez, cubriendo al cachorro que, sin temor, miraba a su propia contraparte: el niño de pie frente a la clase.

El lobo personal del maestro, albino y con esa misma aura de sabiduría que parecía pesar en su mirada, yacía quieto en el suelo, con la cabeza escondida entre la paja, fingiendo dormir.

—Silencio —ordenó el maestro con voz firme justo cuando el soldado alcanzaba el último escalón de la torre.

—¡Que ninguno salga de aquí! —ordenó el soldado, con la voz áspera y el rostro tensado por la adrenalina.

La puerta principal se abrió de golpe. Entró el arquero, un soldado más joven que el de la torre, quizás no pasaba de los veinte. Tenía los labios tan curtidos y resquebrajados como las correas de cuero que le cruzaban el pecho, sosteniendo a duras penas el carcaj que contenía las flechas. Detrás, su lobo avanzaba con la lengua colgando y los ojos buscando un cántaro.

—Hay pelea en la plaza —dijo el arquero al maestro, sin quitarse el polvo—. Que no salgan los niños, ¿me entiende? Ni uno solo.

Se acercó al soldado de la torre con paso firme, el silencio entre ellos era pesado, casi eléctrico. Apartó el arco con un movimiento seco, clavándole la mirada antes de inclinarse y susurrarle al oído:

—El sacerdote lo advirtió: sin el sacrificio de las palomas blancas, la luna no aceptará la ceremonia. Dice que el cielo se cerrará sobre nuestras cabezas.

—¿Cómo aseguraremos otro ciclo de buena cosecha? —preguntó el soldado de la torre.

—Al muchacho y al lobo es que deberíamos de sacrificar esta noche —contestó el arquero.

Inspirados de repente, los soldados se clavaron miradas afiladas, tejiendo en silencio el hilo invisible de lo que estaba por venir. El maestro aprovechó la pausa y, con disimulo, pasó la venda al único niño que seguía de pie ante el grupo.

El niño cubrió con rapidez los ojos de su pequeño animal. Una guiñada del maestro confirmó la aprobación.

—Vamos al ataque —sentenció con voz de hierro el soldado de la torre.

El arquero llevó la mano al saco tubular colgado del torso y extrajo una flecha. Un escalofrío recorrió a los niños, que se tensaron al instante. Sus cachorros vendados rompieron el silencio con aullidos nerviosos.

—Acabemos con esto —dijo el soldado.

El maestro no necesitó hacer preguntas para comprender de inmediato que hablaban de Gamés y su lobo. Un peso de culpa le oprimió el pecho: se arrepintió de no haber dedicado más tiempo al muchacho, de no fundar la escuela mucho antes.

—Piensen. No respondan con hambre. Antes del golpe, miren.

Los soldados se detuvieron, paralizados un

instante por la sorpresa. El soldado de la torre apretó la lanza con fuerza y se giró de frente.

—¿Qué hay que analizar? ¿Que ese muchacho y su lobo acabarán con la aldea?

—Quizá sea la voluntad de la luna llena —dijo el maestro—. Después de todo, hoy culmina un ciclo. ¿No es así?

El arquero liberó la puerta y volvió al centro del salón. Se acercó al maestro con el cuerpo ligeramente inclinado hacia adelante, la mirada fija y cautelosa, como quien duda, pero no quiere desafiar abiertamente.

—Perdóneme, pero dudo que el Disco Divino desee aniquilarnos.

—Analicen la…

El soldado de la torre golpeó la tierra con el extremo opuesto a la punta de la lanza.

—¿Por qué lo defiende? Va en contra del Código.

—Ese muchacho está haciendo lo que nos corresponde o, mejor dicho, lo que debería hacer cada uno de ustedes.

—¿Destruir la aldea? —preguntó el arquero, con la voz cargada de incredulidad. Miró primero al otro soldado y luego al anciano, visiblemente confundido—. ¿Acaso quiere que regresemos a la incertidumbre del desierto? Después de todo lo que hemos levantado aquí. Bromea, ¿verdad? Ese muchacho y su lobo están…

—Reconociéndose a sí mismos —cortó el maestro con voz firme, llena de autoridad.

Los soldados se miraron, atónitos.

El maestro añadió:

—Solo hay que enseñarles otros medios, y dónde sería más beneficioso hacerlo.

El soldado de la torre ardió de coraje, con la furia marcada en su rostro y en cada músculo tenso, imposible de contener. Con la sed del desierto, tragó la última gota de respeto que le quedaba hacia el maestro. Sin apartar la mirada del anciano, escupió al suelo y le acercó la punta de la lanza al cachete, una amenaza silenciosa y fría.

—¿Es eso lo que enseña a nuestros niños?

El maestro permaneció en silencio, erguido, sin bajar la cabeza, respondiendo con el brillo intenso de su mirada, una quietud que no pedía perdón ni explicación.

—¿Mientras estoy arriba velando por la seguridad de todos, acá abajo usted crea rebeldes? Hoy mismo hablaré con los superiores para que investiguen sus clases. Si lo encontramos culpable, prepárese…

—Lo enjuiciaremos después —cortó el arquero—. ¡La plaza, la plaza!

Salieron de prisa, seguidos por sus lobos. Al llegar al mercado, el gentío ya se había dispersado, sus voces y pasos perdiéndose a lo lejos, fuera del alcance de las calles vacías. Una calma tensa se filtraba entre los puestos volcados y las mercancías esparcidas.

Visiblemente furiosos, los vendedores murmuraban mientras recogían restos de paja seca, plumas desordenadas, troncos astillados y pedazos de barro quebrado de las vasijas rotas.

El aroma áspero del cuero húmedo y la tierra removida aún flotaba en el aire.

A su alrededor, las pisadas alocadas de animales marcaban el suelo, prueba de que el caos apenas había terminado y de que algo seguía vibrando en el ambiente.

—¡Ahora llegan! —gritó el hombre que ponía en pie las jaulas vacías.

—Miren este desastre —dijo el vendedor de las granadas, algunas despachurradas.

—¿Dónde está el muchacho? —preguntó el soldado de la torre.

—En su choza —respondió la mujer, dueña de los fragmentos que quedaban de las tinajas de cerveza—. Lo echamos a palazos.

—Al desierto es donde debimos haberlo botado —dijo el hombre, de pie junto a sus jaulas vacías—. ¡Perdí hasta las palomas blancas!

—¡Las del sacrificio! —gritó otra persona.

—Nosotros, el vino —dijo un joven, levantando la pierna ensangrentada. Luego señaló la pata de su lobo, igualmente abierta.

—Si no vendan a la bestia del muchacho, yo misma la mataré —dijo la vendedora de cerveza—. Juro que acabaré con ese lobo.

—Eso mataría al muchacho, ¿lo sabe?

—Hoy es luna llena —contestó ella—. Ya que no tenemos las aves, sacrifíquenlo a él y terminemos con esto ya.

Los soldados cruzaron miradas, sus ojos encendiendo un brillo oscuro de complicidad.

—Nosotros tampoco entendemos por qué el muchacho no ha vendado a su bestia —dijo el soldado de la torre a los vendedores—, pero les prometo que esta noche pondremos fin a esta pesadilla.

Los vendedores discutían entre ellos, preocupados por cómo recuperarían las pérdidas. El contador, otro anciano, alzó una tablilla de arcilla cocida. Los caracteres cuneiformes resaltaban en filas, marcando la cuenta sin piedad.

—La suma total de la mercancía perdida solo en las últimas dos confrontaciones del muchacho y su lobo.

El soldado de la torre fingió entender los intrincados signos tallados en la tablilla.

—¿Tanto?

—Quiero ver —dijo el arquero, él sí sabía leer—. ¿Esto es solo lo perdido desde la pasada luna nueva hasta hoy, luna llena?

—Así es —respondió el contador—. Tienen que ponerle fin. Esta noche de ceremonia es nuestra oportunidad. No podemos comenzar así un ciclo nuevo.

Los vendedores hablaron todos a la vez, cada uno proponiendo un modo distinto de recuperar lo perdido. El soldado de la torre alzó la mano libre en un intento de imponer orden, pero su gesto no logró silenciar a nadie, y el murmullo creciente volvió a desbordarse entre ellos.

—Silencio.

La algarabía creció como una ola, desbordando el aire con voces cruzadas y gestos agitados.

—Calma, por favor, todos, escúchenme.

—¡Silencio! —gritó el arquero a todo pulmón. Bastó que tensara el arco con una flecha para que todos enmudecieran, súbitamente intimidados.

—Vendaremos a la bestia —dijo el soldado de la torre—, lo haremos justo antes de la ceremonia de luna llena. Si el muchacho se resiste, los vendaremos a ambos. De esto no ser suficiente, les cortaremos el cordón.

Las muecas de aprobación se propagaron entre el gentío, seguidas de silbidos agudos y aplausos secos que resonaron bajo los toldos del mercado. La tensión se disolvía poco a poco en una agitación inquietante. Algunos lobos, alterados por el bullicio humano, alzaron el hocico y aullaron al cielo, como si comprendieran que algo había cambiado y no había vuelta atrás.

—Rieguen la voz, nos reuniremos aquí. Y de aquí saldremos para la choza de esas bestias.

El Disco Divino se ocultó tras una cortina espesa de nubes. Hacía años que el manto de la noche no caía sobre la aldea con un peso tan denso, tan cargado de presagio.

Tendido en el camastro de palma y caña, sin más abrigo que el aliento de la noche del desierto, Gamés libraba una guerra muda contra el peso invisible que le sellaba los párpados. Al abrirlos, la luz tenue de la lámpara de aceite se clavó en sus ojos como alfileres ardientes; cada parpadeo punzaba, y las pestañas ardían contra la piel.

Llevó una mano temblorosa a la frente, luego a la nuca, al cuello, al pecho… cada rincón herido lo llamaba, exigiendo ser tocado. Pero el contacto no calmaba: avivaba. Cada terminación nerviosa ardía con memoria propia.

Un gemido áspero se le escapó de los labios. Intentó incorporarse. Bastó apenas mover los hombros para que una oleada brutal le atravesara el torso, lo sacudiera por dentro y lo aplastara contra el camastro. No era solo dolor: era el agrio sabor de la derrota, el cuerpo doblegado tras haber perdido la batalla. Su batalla. Cada hueso, cada tendón, cargaba el peso humillante de haber sido vencido por lo que llevaba dentro.

—Descansa —dijo el maestro.

Con el rostro iluminado por la lámpara de aceite, el maestro terminó de coser las heridas del muchacho. La confusión que le nublaba la mente a Gamés empezó a disiparse, y entonces, por primera vez, reconoció al hombre que lo ayudaba.

—¿Maestro? —balbuceó entre el dolor y la culpa—. Perdóneme… Usted tuvo que caminar hasta aquí y encender la lámpara por mi culpa. Sé que no debería estar encendida esta noche. Perdón, yo…

—Shhh… Trata de descansar.

—Es luna llena… —dijo con gravedad—. El Disco Divino nos mira esta noche. No quiero que se meta en problemas. Tampoco quiero enojar a la luna más de lo que debe estar conmigo.

—El Disco Divino es sabio. Por mi parte, tus disculpas sobran. Te entiendo perfectamente, también a tu contraparte animal.

Como siempre, al escuchar la palabra del maestro, Gamés sintió el peso de sus propias limitaciones. Pensó en todo lo que le faltaba por aprender, no solo sobre la vida, sino sobre el arte mismo de estar vivo. Los ojos se le llenaron de lágrimas; extrañó a sus padres, las voces, el calor, la presencia… los abrazos; deseó que aún vivieran. Llevó la mano a la frente, con el temor de romperse por dentro del todo, buscando un aliento que lo sostuviera.

—No sé que más hacer.

Entre quejidos y muecas de dolor, Gamés giró la cabeza para enfrentar a su lobo. Quiso odiarlo, otra vez. Pero lo miró con amor, y así se quedaron, hasta que el agotamiento les cerró los ojos a ambos.

El maestro alzó la vista hacia el techo de paja. Entornó los ojos. Imaginó que las nubes se abrían, que la gracia de la luna caía a cántaros sobre ellos. Sus labios se movieron, encendidos en el fervor de una plegaria muda. Todavía en la oscuridad, asistido por la única lámpara de aceite, cambió el trapo sucio por uno limpio. Lo sumergió en un cuenco con agua clara. Luego miró al lobo de Gamés, con la solemnidad de quien invita a una criatura sagrada a ser sanada, aguardando su consentimiento, sin apresurar el gesto.

Llevó el paño al lomo y lo posó con cuidado sobre la herida más grande. El animal levantó la cabeza de golpe, los ojos chispeando de rabia. Al cruzar su mirada con la del maestro, serena, firme, la furia se desvaneció.

Un suspiro tembló en el hocico del lobo y, lentamente, volvió a hundir la cabeza en la paja, aceptando el contacto, dejándose estar.

—No sé qué más hacer —dijo Gamés, la voz quebrada, cada palabra un suspiro—. No se deja vender, y pelea con más fuerza cada vez.

—¿Qué crees que defiende?

Gamés batallaba contra el dolor mientras se levantaba apenas, apoyándose en el codo. Cerró los ojos por un instante y apretó los dientes, conteniendo los quejidos que el cuerpo quería soltar. Miró al maestro con reverencia y respondió:

—Defiende su derecho a vivir. Esta vida también le pertenece, tan suya como mía. Si las cosas fueran diferentes, si viviéramos más allá de las murallas, yo también pelearía con todas mis fuerzas, igual que él lo hace ahora.

El maestro asintió. Percibió la mirada de su propio lobo, sin venda como el de Gamés. Volteó la cabeza en busca de aquel reflejo. Se encontraron en silencio. Los ojos tornasolados del lobo, iluminados por la lámpara, delataban la experiencia acumulada. A pesar de la avanzada edad, su brillo permanecía intacto.

«No tiene venda», pensó Gamés, fijo en el imponente animal. Incrédulo, quiso despejar la mirada; a pesar del dolor, pestañeó con toda la fuerza que pudo.

—¡No tiene venda!

«Y que yo sepa, nunca se ha rumoreado sobre alguna confrontación entre ellos», pensó.

—¿Cómo lo logró, maestro?

—La pregunta es: ¿quieres aprender?

Gamés asintió con la mirada, y el gesto se extendió a cada fibra de su cuerpo, como un compromiso profundo que no necesitaba palabras.

—Está hecho —dijo el maestro.

—¿Eso es lo que enseña en la escuela?

El maestro le regaló la mirada más hermosa, cargada de una sonrisa plena que iluminaba todo.

—Necesitamos un mejor porvenir. Prométeme algo… Cuando yo no esté, te encargarás de los niños. Hay uno, en particular, que está aprendiendo muy bien, también su cachorro.

—Se lo prometo. Pero primero tengo que aprender yo.

El lobo del maestro clavó la mirada en la puerta, alertado por un sonido lejano que rompía el silencio y un leve temblor en la tierra, un aviso que solo él parecía captar. Gamés lo observó, luego volvió la atención a su propio lobo ensangrentado. De repente, el herido animal se incorporó sobre sus cuatro patas, el pecho levantándose y cayendo con dificultad, los músculos tensos, agitado y listo para lo que viniera.

Tanto los lobos como el maestro y Gamés escucharon con nitidez las impetuosas pisadas que retumbaban a lo lejos, un ejército de hombres y lobos vendados acercándose sin prisa pero sin pausa. En el aire vibraba la espeluznante música de marcha: los cuernos, estridentes y agudos, se entrelazaban con el golpe cadencioso y pesado de los tambores de guerra, componiendo una sinfonía tan siniestra que luchaba por despertar a los espíritus y sacudir el cielo mismo, intentando disipar por fin el telón de nubes que ocultaba a la luna, enfadada. Hasta el polvo suspendido pareció estremecerse bajo su avance.

—Quédate —dijo el maestro—. A mí me corresponde hablarles.

Asistido por el bastón, el anciano se puso de pie. Su lobo descendió silenciosamente de la camilla de paja y lo siguió hasta la puerta. Desde la entrada les costaba distinguir las figuras del ejército: avanzaban envueltas en sombra, sin antorchas, pues temían desatar la furia ya latente del Disco Divino.

Con un esfuerzo sobrehumano, Gamés venció al dolor y logró sentarse. Sopló de prisa la llama de la lámpara. Aunque la lumbre se apagó, la mecha humeante seguía ardiendo en un naranja tenue. Gamés mojó los dedos con saliva y agarró la punta ardiente.

—Maestro…

Sus miradas se cruzaron una última vez, largas, serenas, como si quisieran guardarse para siempre.

—Tengo mucho miedo.

—Ellos también, hijo… por eso la violencia.

La vibración de la estampida sacudía la choza entera, y la música de marcha retumbaba en el cuerpo de Gamés. Pedazos de paja se desprendían del techo, cayendo sobre él como cenizas que lloraba la vieja casa. Llevó la mano al corazón.

—Nosotros lo que queremos es vivir.

Su lobo aulló, eco exacto y desgarrado del

temblor que agitaba el corazón de Gamés, un llamado antiguo que se alzó contra la noche y golpeó las murallas.

—¡Muchacho! —tronó el soldado de la torre desde la distancia—. ¡Sal!

—Quieto —ordenó el maestro—. Salió de la choza, su lobo a la par, e irrumpió en la oscuridad de la noche.

El lobo de Gamés lanzó un aullido que hubiera alcanzado la luna, si no estuviera oculta tras el pesado telón de nubes. Alzó el hocico al cielo, llamando al disco brillante. Adaptados ya sus ojos a la oscuridad, Gamés se arrodilló frente al lobo, manos temblorosas sujetando la cabeza del animal. Sus miradas se encontraron, dos piezas que por fin encajaban a la perfección.

—Shhh… —susurró Gamés—. Tranquilo, tranquilo. Por tu vida, por la mía. Por nuestras vidas. Solo esta vez, por favor, te lo suplico: siente mi corazón, sincroniza tus latidos con los míos. Te lo suplico. Mírame bien, así mismo… Sigue mirándome, por favor. No aúlles. Shhh… Mírame, mírame…

Gamés apoyó una mano en la cabeza del lobo y, con la otra, tomó el trapo empapado en sangre y sudor, testigo vivo de su batalla compartida. Lo mostró al animal. El lobo se cuadró, rígido y atento.

—Escúchame. Vienen por nosotros, a matarnos a los dos, a ti y a mí. Si no te dejas vendar, no vamos a sobrevivir. ¿Me entiendes? No es castigo; es su ley.

El lobo clavó la mirada en la puerta; la música de marcha bombeaba en el silencio, un latido voraz que se hacía gigante y próximo. A su manera, el animal comprendió la gravedad de la situación. Volvió su atención al trapo cuando Gamés se lo acercó a los ojos. Sin emitir gruñido alguno, el lobo negó con un gesto contundente, definitivo e irrevocable que selló para siempre su repudio a la venda.

Gamés se quedó inmóvil, lívido, como si el mundo acabara de cerrarse sobre él; en sus ojos, el espanto de quien lo ha perdido todo. Entonces el lobo alzó una pata y la apoyó con suavidad en el hombro de Gamés, como diciéndole: te entiendo… pero así debe ser.

En su mirada, más firme que antes, Gamés creyó percibir un brillo distinto, un fondo nuevo, imposible de nombrar. No era desafío ni mansedumbre: era claridad. Una certeza antigua, ajena al miedo y también a la esperanza, que no pedía salvación ni la prometía. Al sostenerla, comprendió que no había decisión por tomar, solo un lugar que aceptar.

—Déjame vendar lo que aún podemos salvar —dijo Gamés, la voz nacida del alma.

El lobo bajó la cabeza, quieto en su sombra.

Afuera, los ojos del lobo del maestro, de pronto nublados por lágrimas, forcejearon por enfocar lo que traía el sacerdote. En la mano izquierda creyó ver dos palomas albinas, pero eran vendas blanquísimas, listas para abrazar una herida; en la derecha, el cuchillo ceremonial más descomunal de la aldea, tan pesado como la condena misma.

El animal del maestro dio unos pasos adelante, estudiando las lanzas y las piedras que empuñaba la muchedumbre. Luego se giró, buscando los ojos del maestro, que le dijeron con firmeza que aquí no habría diálogo.

Mientras se despedían telepáticamente, sintieron cómo el tiempo se detenía a su alrededor en silencio.

—Yo también estoy orgulloso de haber convivido contigo —le dijo el anciano a su contraparte animal, con voz cargada de respeto y gratitud plena.

El lobo respondió con un aullido que superó en potencia al del animal de Gamés, y el maestro apretó el bastón con firmeza. El tiempo retomó su curso. Ambos avanzaron hacia el frente, el anciano con una mano en alto, como bandera blanca de paz.

Las pisadas del ejército tronaban con una fuerza imparable. La tierra vibraba bajo los pies del maestro, que agitaba la mano de lado a lado, desesperado por captar la atención de la muchedumbre, su gesto creciendo en urgencia entre el estruendo.

—¡Deténganse! —dijo casi corriendo, apoyándose con fuerza en el bastón, aliento quebrado.

En medio de la oscuridad, el gentío fue un muro implacable que engulló al anciano. El bastón se deslizó de sus manos y golpeó el suelo. El maestro tambaleó, y con un suspiro ahogado cayó de rodillas sobre la tierra polvorienta. Por encima del estrépito, los aullidos de su lobo le rasgaron el alma.

Quiso protegerlo, pero el azote en la espalda lo lanzó contra la arena, clavando su mejilla en el polvo. El aire se le escapó en un jadeo seco y la vista se le llenó de chispas negras. Lo pisotearon una y otra vez, sin tregua. Sintió costillas ceder bajo las suelas y el bastón perderse lejos de su mano abierta. Intentó gatear hacia su lobo, pero un segundo golpe en la cabeza lo hundió boca abajo. El mundo se volvió un zumbido espeso, distante, mientras la tierra temblaba bajo su pecho. Escupió sangre mezclada con arena.

Desquiciado, su lobo atacaba con furia desatada, hundiendo los colmillos en pies, patas, hocicos, muslos y brazos, sin dejar escapar nada a su alcance. Derribó a varias personas, que a su vez cayeron sobre otras, arrastrando enredados a los lobos en una avalancha caótica de gritos, cuerpos y polvo.

Las vendas saltaron de sus rostros como si fueran expulsadas por una fuerza invisible. Los lobos atacaron cuanto se cruzaba su camino.

Aterrorizado por la violencia de los aullidos y los gritos humanos, el soldado de la torre intentó cubrir de nuevo los ojos de su lobo, pero este se revolvía, intratable. Sin otra opción, lo empujó hacia atrás con el peso del cuerpo, obligándolo a retroceder.

La polvareda le nubló la vista al maestro. Mientras la vida se le escurría, sintió romperse el lazo con su animal. Se llevó la mano al abdomen, palpó el cordón umbilical y lo haló con delicadeza. Llegó sin resistencia: flácido, ensangrentado, quebrado.

Consciente de que le quedaban pocos segundos de vida, el anciano reunió la poca fuerza que le quedaba para voltearse boca arriba. Buscó la luna oculta tras el manto de arena. Resistió el dolor que desgarraba su cuerpo y, con la voz del alma, lanzó una última súplica:

—Dios de dioses, Disco Divino, no soy sacerdote, pero escúchame, te lo suplico. Tú, la más poderosa de todas las divinidades, que con solo detenerte ante el sol lo apagas; tú, cuna de espíritus, lucero que iluminó el camino de nuestros ancestros, escúchame. Despliega las nubes y derrama tu luz sobre nosotros. Cólmanos de sabiduría para cerrar el ciclo sin arrebatar la vida al muchacho y a su animal. En cambio, te ofrezco mi espíritu y el de mi lobo, más albino que tú.

Se abrió el enigmático párpado de la luna, tejido de nubes, arena y polvo. Su luz deshizo el turbión, exigiendo que todos vieran con claridad.

En un baño de plata, cada herida, cada lágrima, cada gesto de horror se iluminó. Reflejada en charcos de sangre, la luna llena mostró por completo su gigantesco y brillante disco divino.

El soldado de la torre divisó la espantosa telaraña tejida por el enredo de los cordones umbilicales. Horrorizado, clavó la mirada en el arquero tendido en el suelo, de cara a la luna, como muchos, tieso y sin brillo en los ojos.

—¿Qué hice? ¿Qué hice, qué hice?

Se llenó los pulmones de aire y rugió:

—¡Altooo!

Hasta los lobos más feroces se aplacaron.

Un silencio abrupto y profundo cayó sobre la escena, ahogando incluso las respiraciones que antes retumbaban en el aire. Fue en esa quietud total que las pisadas de Gamés y su compañero, emergiendo de la única choza atravesada por la lanza de la luna, se hicieron nítidas y resonantes, un eco ineludible y lento, ceremonial que se clavó en cada oído.

A punto de expirar, el maestro volvió la cabeza hacia Gamés. El muchacho avanzaba despacio desde la choza, con el lobo a su lado. Pero no caminaban con alivio. Caminaban con esa gravedad que solo aparece cuando se ha pagado un precio.

La venda blanca cubría los ojos del animal. No iba tirante. No mordía. Caía exacta, atada al mismo pulso que Gamés acababa de suplicarle.

Nadie habló.

El lobo se detuvo un segundo bajo el rayo de luna y respiró hondo. La tela se estremeció apenas con el aliento del animal.

Gamés lo miró sin celebrar. Lo miró con culpa.

El animal rozó el muslo del muchacho: un gesto mínimo, antiguo, que decía: aquí.

Al maestro se le aflojó el horror del rostro. Entendió la forma del precio.

Su último aliento salió sin prisa.

Aun así, mientras la vida se le iba, alcanzó a ver, bajo la tela, un estremecimiento breve en la mandíbula del lobo: los colmillos latiendo en secreto.

EL HOMBRE QUE CUIDABA LA NOCHE

La carretera no tenía nombre, solo un número pintado en postes cada cierta distancia. Alguien había intentado medir el desierto sin lograr dominarlo. Simón manejaba desde hacía tres horas cuando el asfalto comenzó a deshacerse en grava y la señal desapareció.

El turno empezaba siempre igual: una garita de concreto, una llave oxidada, un termo de café y un rifle que nadie esperaba que tuviera que usar. El cartel, clavado frente al perímetro, decía RESERVA ARQUEOLÓGICA — PROHIBIDO EL PASO, pero el verdadero trabajo no era evitar curiosos. Era esperar.

A esa hora la temperatura caía de golpe. El

calor se retiraba como un animal grande que dejaba la arena respirando sola. Simón apagó el motor. El silencio regresó de inmediato: espeso, sin grillos ni viento, sin nada que justificara la noche.

Se sentó en la silla metálica frente a la caseta y dejó el celular boca abajo. Nunca lo usaba durante el turno. En la academia le habían enseñado algo que no aparecía en los manuales: si el desierto está completamente callado, no es porque no haya vida, sino porque algo está moviéndose.

A las 02:17 no escuchó ningún ruido. Lo que sintió fue otra cosa. Lo mismo que percibe un ganadero cuando todas las reses levantan la cabeza al mismo tiempo sin motivo aparente. Se puso de pie antes de entenderlo y miró hacia la zona acordonada.

Las ruinas no eran espectaculares: muros bajos, piedras negras, un círculo incompleto de columnas erosionadas. Nada que justificara vigilancia permanente. Aun así, jamás quedaba solo.

Encendió la linterna y barrió la arena. No vio nada al principio. Dio dos pasos y el aire le golpeó distinto, mineral y húmedo, como tierra removida desde abajo. Se detuvo. Entonces lo vio.

No al frente, sino debajo.

La arena se desplazaba lentamente formando una línea irregular que no era serpiente ni viento. Algo pesado avanzaba por debajo sin emerger. Simón retrocedió instintivamente. La línea continuó en dirección al círculo de piedra y algo en él supo, sin saber por qué, que si aquello alcanzaba las ruinas, saldría.

No corrió ni pidió refuerzos. Tomó el rifle por reflejo.

La arena cedió sin explosión ni violencia. Primero apareció una mano humana, cubierta de polvo compactado como cemento seco. Luego el antebrazo, la cabeza, el torso completo. El hombre emergió y cayó de rodillas, respirando con desesperación animal, como si no hubiese estado enterrado sino contenido.

El polvo que caía de su ropa no era seco. Tenía un olor mineral, húmedo, como tierra que nunca ha visto el aire.

Simón no bajó el arma.

—¡Quieto!

El hombre alzó la vista. Sus ojos no eran de locura ni de miedo. Parecían los de alguien que todavía estaba acostumbrándose a la gravedad.

Intentó ponerse de pie, pero las piernas no le respondían del todo. Simón avanzó dos pasos sin decidirlo.

—¿De dónde salió?

El hombre tardó en responder. Miró alrededor con una atención extraña. Primero el horizonte, luego el círculo de piedra, y por último la garita.

—Otra vez lejos —murmuró con voz seca pero estable.

—¿Quién es usted?

El hombre lo miró directo.

—¿Cuánto tiempo?

—¿Qué?

—¿Cuánto tiempo llevo afuera?

Simón frunció el ceño.

—No estaba afuera. Estaba bajo tierra.

El hombre negó suavemente y se apoyó en una de las piedras. La arena seguía desprendiéndose de su cuerpo en placas endurecidas.

—Cuando ellos empiezan a recordar… yo regreso.

Simón tensó el rifle.

—¿Quiénes?

El hombre dudó un segundo, como si la pregunta lo hubiera tomado desprevenido. Luego observó las ruinas.

—Los que construyeron esto… no lo hicieron para rezar.

El silencio entre ambos se volvió incómodo.

—Lo hicieron para que algo no caminara.

Simón sintió el verdadero frío del turno. La sensación de que la noche tenía profundidad.

—Hay gente que intenta entrar aquí —continuó el hombre—. Creen que buscan historia.

Se inclinó, tomó un puñado de arena y la dejó caer lentamente entre los dedos.

—Pero lo que llaman historia… es solo lo que quedó después de encerrarlo.

Simón intentó reír, pero no salió nada.

—Señor, necesito que se retire del área.

El hombre lo miró con una paciencia cansada.

—Tú no estás aquí para cuidar ruinas.

Bajó la mirada hacia el rifle.

—Tú cuidas el acuerdo.

La radio crepitó dentro de la caseta. Interferencia sin voz ni origen. Simón volteó un segundo hacia el ruido. Cuando volvió la vista, el hombre ya caminaba hacia la oscuridad abierta.

—¡Alto!

No se detuvo. No corría. No huía. Simplemente se alejaba con la naturalidad de quien no parecía pertenecer al mismo lado de las cosas. A unos veinte metros habló sin girarse:

—No lo despierten.

Siguió hasta que la noche lo absorbió.

En ese instante, las nubes que habían cubierto el horizonte se abrieron apenas. No fue claridad plena, sino un derrame pálido que cayó sobre el círculo de piedra y lo volvió de un gris lechoso, casi orgánico.

Simón no alzó la vista; solo notó que su sombra había cambiado de lugar, como si alguien hubiese encendido una lámpara distante y fría.

Dio un paso hacia donde el hombre había emergido. La arena estaba lisa otra vez, intacta, sin huellas de salida ni marcas de arrastre, como si nada hubiese roto su superficie minutos antes. Solo el borde del círculo mostraba una alteración mínima: una piedra apenas desplazada.

Simón la empujó con la bota para devolverla a su sitio. No cedió. Entonces vio lo que no había estado allí antes. Un sello rectangular hundido en la superficie de la roca, perfectamente marcado, como si hubiese permanecido cubierto durante siglos y la arena lo hubiese protegido del mundo.

No tenía dibujo.

Tenía desgaste.

Pasó el pulgar por el borde del rectángulo. El encaje era exacto. Demasiado preciso para la base de su propia muñeca. Retiró la mano de inmediato, como si la piedra estuviera caliente.

No volvió a tocarla.

Permaneció inmóvil largo rato. Nada volvió a moverse bajo la arena. El silencio recuperó su textura habitual: insectos dispersos, viento bajo, mundo común. Se sentó sin escribir el reporte. Al amanecer entregó turno y antes de irse miró las ruinas una vez más. No parecían antiguas. Daban la impresión de ser necesarias.

Meses después renunció sin explicación. Jamás volvió. Cada vez que veía la imagen de un templo antiguo, en libros, en televisión, en internet, no pensaba en religión ni en muerte, sino en arquitectura de contención. En algo que la humanidad aprendió temprano: que no todo se mata.

Algunas cosas se mantienen dormidas… si nadie las llama.

Cuando la luna llena aparecía sobre la ciudad, Simón cerraba las cortinas sin saber por qué. Nunca volvió a conducir de noche hacia el desierto.

Por respeto.

LAS PUNTAS DE LAS PIRÁMIDES

«Al fin respiro», pensó Luis, arrellanado contra la ventana del autobús de la excursión.

Contempló las palomas planear alrededor de la cima de un minarete. La sonrisa le nació sola, lenta; apartó el muslo del de Josian con una calma extraña, como quien afloja por fin un nudo.

No escuchó al guía. La voz del micrófono se le volvió un murmullo cerrado mientras, tras el cristal, la multitud avanzaba compacta en pleno ramadán.

Hacía años que no sonreía así: desde que la casa se volvió turno, y su madre, reloj. Miró su reloj. Se quedó en la S pintada a mano bajo el seis, clavada en la hora de la pastilla de otro. No era una nota. Era una orden.

«A estas horas estaría repitiéndole que soy Luis, su hijo, y obligándola a tragarse las pastillas».

Se asomó hacia afuera y dejó que la vista descendiera hasta la base del minarete.

«¿Se las tomó ya?».

Volvió a mirar las palomas y dejó que el aire le entrara despacio. Raspó la letra con la uña hasta dejarla apenas sostenida. Exhaló por la nariz y apoyó la frente en el vidrio.

Sintió culpa. No obedeció.

—Aquí, por fin, no.

El cuerpo se lo agradeció.

«Primero despegó el muslo», pensó Josian. «Y ahora esto. No debí insistir. Menos hoy».

Luis se enderezó en el asiento para observar al guía que todavía hablaba:

—What you say? —interrumpió en su inglés.

Se escucharon las risitas de las dos chicas sentadas en el lado opuesto a él, las mismas que lo venían observando desde que lo vieron en el aeropuerto. La rubia, con la cámara de vídeo en mano, le enfocó a pantalla completa sus ojos color aceituna, intentando atraparlos antes de que apartara la mirada.

—Oh, Luis, sorry, I speak too fast —dijo el guía—. I'm saying that…

«Por supuesto que del nombre de él sí se acuerda», pensó Josian. «Y las nenitas estas ya se me están saliendo. Como lo sigan grabando…».

Deseó que el guía se callara y que el chofer siguiera de largo. Desde su asiento, no lograba ver el bazar.

Afuera, el aire era una sopa de diésel, polvo y cuerpo sin agua. Josian tragó saliva como si la ciudad le hubiera entrado por la garganta.

«¿Quién puede pisar este hormiguero y salir vivo?», pensó, sin apartar la vista de la multitud. Lo que realmente lo horrorizó fue la expresión de irritabilidad que marcaba el rostro de la mayoría.

—Esta gente no reza por perdón ni gloria eterna —dijo, bajito a Luis—. Rezan pa' que caiga el sol y llegue la hora de romper el ayuno. Mírales las caras.

—Aquí me fascina todo.

Josian no respondió.

—Ramadán —dijo Luis—. Me gusta cómo suena.

Josian lo miró con impaciencia.

—We'll get out here —anunció el guía por el micrófono—. OK, now, listen carefully: Khan el-Khalili is gigantic. If you get lost, use this mosque as your reference. We'll meet here in one hour and thirty minutes. Remember to bargain!

Luis se levantó. Doblado para evitar golpear el techo, preguntó a Josian:

—¿Qué es *bargain*?

—No dejarse clavar.

—Me encanta.

—Pues no. Significa que nada tendrá precio. Además, una hora y media apretujados ahí con tanta gente sudada es mucho tiempo, demasiado.

—Pa' mí es poco —dijo Luis—. Yo tú dejo la mochila.

—Ni loco, aquí tengo los pasaportes y todo lo demás. Toma.

—Cárgala tú.

—¿Por qué yo? —preguntó Josian.

—Porque es tuya.

—¿Y?

—Hoy no.

Josian levantó la mirada, directo a los ojos de Luis.

—¿Y por qué hoy no?

—¡Estamos en Egipto!

—¿Y qué más será diferente contigo aquí, si se puede saber?

—No te pongas así. Sal, que nos están dando paso.

Cuando pisaron la calle, la puesta del sol coincidió justo con rezos islámicos amplificados por los altoparlantes. El gentío se agitó al instante.

Con los ojos humedecidos, Luis rastreó cánticos hasta encontrar las bocinas atadas a los minaretes. Pensó que los rezos salían por las grietas del cielo coral. Todo parecía hervir allá arriba.

Dirigido por los rezos amplificados, fijó la atención en los cientos de hombres descalzos que se doblaban contra el suelo en la entrada de la mezquita principal. Observó la fila de mujeres, niños y niñas que esperaban su turno para entrar en otro edificio cercano. Del bolsillo sacó su cámara desechable. Giró sobre sí mismo y disparó sin discriminar: cielo arenoso, minaretes, velos, ojos, mesas esperando el primer bocado.

Pensó, con un alivio que le dio vergüenza: aquí nadie le pedía nada.

Olió combustible, comida, incienso y sudor colectivo. Cerró los ojos e inhaló despacio.

—Me está dando hambre.

—¡Qué peste! —dijo Josian.

A Luis se le ensanchó la sonrisa. Observó la naturalidad con que los hombres egipcios, jóvenes y adultos, se saludaban con besos en las mejillas. Con la misma soltura, caminaban entrelazados de brazos, a pocos pasos de las mujeres.

—Esto es demasiado —dijo, con los ojos muy abiertos y la cabeza en constante movimiento, como si intentara abarcarlo todo a la vez, sin querer perderse ni un solo detalle.

Josian giró los ojos. Evocó los turnos dobles, los meses de hospital y casas privadas, el cansancio convertido en viaje.

Tomó el bíceps de su amigo y, con un apretón, lo forzó a voltearse y a que mirara hacia abajo, directamente a sus ojos.

—Que no se te olvide quien te trajo.

Luis asintió y volvió la atención al bullicio del gentío. Se refugió en el ruido, en el vaivén anónimo de los cuerpos. Elevó la cámara sobre su cabeza, apuntó hacia abajo y disparó libremente.

—Podría vivir aquí feliz de la vida.

—¿Vas a seguir? De repente ahora todo es tú, tú, tú… ¿Y qué significará eso de haber borrado la ese?

—¿Qué ese?

—No te hagas, Luis, te vi. En mala hora se me ocurrió sacarte de Puerto Rico.

—Aquí nadie depende de mí.

Josian sonrió sin humor.

—Ajá.

Un egipcio tropezó con Josian. Sobresaltado, apretó la mochila con más fuerza y, al darse vuelta para encarar al desconocido, solo encontró la multitud. Revisó la mochila de un vistazo.

—¿Y ahora qué me quitó?

—Por favor, Josian…

—Esta mochila pesa. Cárgala tú.

—No.

«Me jodí», pensó Josian. «No debí haberlo sacado de su mundito».

—Hablando de las Seroquels que yo conseguí —dijo, arrimado a Luis—, qué bien le han venido a tu mamá, ¿verdad? Antes de esas pastillas no había quién la durmiera. Le trabajan bien con los otros medicamentos del alzhéimer.

—Sí.

Se puso de puntillas para no sentirse tan pequeño.

—No te imaginas el trambullín que tuve que hacer para pagarlas. No te creas que a los enfermeros nos dan descuentos así porque sí. Pero si estas han sido buenas, espera a que compre el medicamento que…

—¿Por dónde entro al bazar?

—No me mandes a callar, Luis.

—No te estoy mandando a callar, Josian. No quiero hablar de pastillas.

—Ah, sí. Qué cómodo. No quieres hablar de pastillas, pero quieres dormir tranquilo. Pues mira: cómpralas tú y organízalas tú. Y cuando ella no se duerma, no me busques.

—Estás haciendo el ridículo.

La palabra ridículo quedó suspendida. Pesaba más que la mochila.

A media sonrisa, Luis inhaló profundo, como si el aire lo ensanchara. Por un instante se sintió dueño del ruido, capaz de caminar sin pedir permiso. Entonces vio, en un mantel, el logotipo de Lipton, la bebida favorita de su madre.

«¿Le habrá dado Marta su vasito del día?».

Un repentino pesar lo invadió, y guardó la cámara. Con ambas manos presionando las sienes, avanzó hacia el frente.

Aunque se propuso no mirarlo, en ese momento habría querido despreciarlo, Josian echó un vistazo a la espalda de Luis. La camiseta blanca de siempre no lograba ocultar el cuerpo que llevaba años odiando y amando mirar. Sus ojos descendieron apenas por la espalda, lo suficiente para confirmar que esa belleza, tan ajena a la vanidad, seguía intacta. Como si el tiempo no tuviera nada que reclamarle.

«Si yo fuera así de alto y bello», pensó.

Observó a dos egipcios, tan jóvenes como

ellos, admirar a Luis de pasada. El más alto giró la cabeza para mirarlo mejor, con abierta curiosidad.

Josian se acercó aún más y le pasó el brazo por la espalda baja. Luis se arqueó, acelerando el paso. El sudor le rezumó en la frente a Josian, acumulándose luego sobre sus labios.

Abriéndose paso con dificultad, sin querer empujar a nadie, Luis se adentró por un callejón entre edificios antiguos. Dentro del bazar, las sombras crecían. La noche se cerró; a lo lejos, la luna subía como si reclamara altura, lenta, inevitable.

El aire dejó de circular.

—¡Pipas de agua! —dijo Luis, con los ojos abiertos de asombro, acercándose rápidamente a ellas.

Con el rostro fruncido por las punzadas que aún lo atormentaban y la mochila pegada al pecho, Josian avanzó entre la multitud. El empuje lo movía por tramos: un hombro, una tela húmeda, un codo en las costillas. El sudor ajeno se le pegaba a la piel como otra camisa. Trató de tragar.

Alzó la vista. Tubos fluorescentes. Esa misma luz plana de hospital que no ilumina: vigila.

—Me siento como una rata atrapada en un laberinto.

—Así me siento yo en Puerto Rico —contestó Luis y su respuesta aumentó los aguijonazos en la cabeza de Josian.

—French? —preguntó a Luis el vendedor más cercano.

Luis sonrió.

—No, Puerto Rico.

—I love Portugal! Welcome.

—Pu-er-to-Ri-co —repitió Luis, entre sonrisas.

—Tell me, my friend, what are you looking for?

Josian empujó a Luis con algo de fuerza, pero este no mostró reacción alguna.

—Chico, Luis, camina.

El vendedor estudió a Josian.

—You look Egyptian.

—I am not —contestó Josian, su voz tensa, como si lo hubieran atacado personalmente.

Hello, my friend; la frase le caía encima a Luis desde todos los puestos del bazar. Josian se le acercó, arrastrado por el empuje de la gente, intentando no perderlo entre hombros y telas colgantes.

—French? —preguntó el vendedor de pipas de agua.

—Puerto Rico —contestó Luis—. Suelta, Josian.

Luis centró su mirada en el vendedor.

—How much?

—Yes, my good friend. Which one do you like?

Luis volvió la mirada hacia las pipas, evaluando cuál le gustaba más. Las observó con una concentración casi solemne, como si el ruido del bazar se hubiera corrido un paso atrás, dejándolo a solas con los colores y las formas.

—Sí, Pepe —dijo Josian para sí—, claro… como si pudiera decidir algo sin mi ayuda, como si no terminara mirándome primero.

La idea le arrancó una mueca satisfecha.

«Cuando se vire y me pregunte cuál comprar, ahí va a ver».

—Esa… —dijo Luis, señalando la de tamaño mediano, la verde con detalles dorados y vetas oscuras.

Josian sintió un miedo frío bajar por la espalda.

—¡Español! —dijo el vendedor—. Tiene suerte, amigo, yo entiendo y doy descuentos a españoles. Cuarenta euros.

Luis retrocedió un paso al escuchar el precio de la pipa.

—Es única —dijo el vendedor, acercándola y sosteniéndola a la altura del pecho, girándola apenas para que la luz atrapara el verde del vidrio—. Nadie tiene *shishas* como esta. Las traigo de los mejores talleres de Egipto y de Marruecos. El precio incluye la manga, el tabaco, todo.

—Está loco —dijo Josian—. Cuarenta euros es un abuso.

—Bueno, mirándola bien… —dijo Luis—. Los vale.

—No seas charro.

—Treinta y cinco —ofreció Luis.

Miró a Josian y, con una mueca traviesa, añadió:

—Estoy haciendo lo del *bargain*, pa' que no me claven.

—Pues muy pendejo que eres, eso lo consigues en Río Piedras por cinco pesos.

—Sí, claro —contestó Luis, con el buen humor intacto—, como me dejas salir tanto de casa.

—Cuarenta is a very good price —dijo el vendedor—. Esta es una de las pipas más hermosas del mercado árabe. Sienta la dureza del cristal, el trabajo en oro…

—En dorado —corrigió Josian.

Luis echó otro vistazo a las pipas que lo rodeaban. Aunque todas tenían su encanto, la suya seguía siendo la más hermosa. Por primera vez no dudó.

—Treinta —dijo, implorando con los ojos.

—OK, OK, take it.

—¡Qué brutal!

Le fascinó el estuche cilíndrico donde el egipcio guardó la pipa de agua. Lo ajustó sobre su espalda, cruzado como una metralleta.

—Abran paso, que por aquí viene Rambo —dijo, sin soltar el mango a la altura del pecho.

La luna ascendió un poco más.

A Josian se le apoderó el dolor de cabeza, pulsante y agudo. Hizo varios virajes con la intención de encontrar la salida, pero el enredo del bazar lo desorientó. Las luces parpadeantes de los puestos y el vaivén de colores mezclándose frente a sus ojos le provocaron mareo.

Entró por un pasillo invadido por las mesas de un café, donde el aire denso y cargado de humo le dificultó la respiración. Tropezó con el bolso de alguien. Sin disculparse, siguió empujándose hacia el frente, sintiendo cada roce. Se quejó del apiñamiento, del estrépito, del humo que le quemaba la garganta…

Miró con displicencia a las personas hacinadas entre el montón de mesitas. Voces superpuestas llenaban el aire junto con el aroma del tabaco, que se mezclaba con un dulzor de manzana en el humo.

Algunos hablaban. Otros fumaban en silencio.

El humo le apretó las sienes.

No percibió la presencia de Luis. Volteó, irritado, y la molestia en su cabeza se intensificó al descubrirlo. A pesar del gentío, Luis había conseguido hacerse un espacio y ahora estaba sentado, como si el bullicio y la aglomeración no le afectaran en lo más mínimo. Le pedía té a un mesero con la misma calma con la que uno ordena en un local vacío.

Los ojos de Luis se posaban en lo más distintivo del café: las mesas, cuyas superficies de latón contrastaban con las patas de hierro, y los espejos, con marcos dispares que parecían haber cruzado los siglos.

Observaba todo con el mismo entusiasmo con que, horas atrás, había detenido la excursión para fotografiar las puntas de las pirámides, apenas visibles entre polvo, arena y edificios.

—¿Qué haces, Luis? Me duele mucho la cabeza.

—Trajiste Tylenol.

Josian se dejó caer en la silla, sin apartar la mirada de Luis ni por un segundo.

—¿Y tú de qué te ríes? —preguntó Josian.

—Sabes el tiempo que hacía que no me sentía así.

—¿Así cómo?

—Chilin.

—No. Como de verdad tú te sientes es…

—Chilin, Josian.

Luis no lo miró siquiera.

—OK, ya, Luis, se acabó, me voy.

Permaneció en la silla, con las manos apoyadas en las rodillas, sin levantarse.

—¿Pero y no que te ibas?

Josian no intentó disimular la irritación que lo invadió. Pensó en marcharse, pero al ver llegar a las dos chicas de la excursión, aquellas que no dejaban de fijarse en Luis, se contuvo. A diferencia del otro, no correspondió al saludo de mano que les ofreció la que tomaba vídeo.

El mesero regresó, y su figura proyectó una sombra sobre Josian mientras depositaba en la mesa una tetera en forma de lámpara de Aladino. Luis recibió todo con una sonrisa. El mozo añadió dos delicados vasitos de cristal, un pequeño plato con cuatro cubitos de azúcar y dos cucharas plateadas, tan pequeñas que a Luis le parecieron sacadas de una casa de muñecas.

—Be careful. It's hot.

—How much? —preguntó Luis, sacando de su pantalón una billetera desgastada.

—Six.

—Six is one dollar?

El mesero asintió con un gesto breve.

—¿Y desde cuándo te gusta el té a ti? —preguntó Josian.

—Puerto Rico —respondió Luis, pendiente del mesero.

Debido a las interrupciones de Josian, el mozo había tenido que repetir varias veces la pregunta.

—Puerto Rico?… Where's that?

Luis miró a Josian en busca de ayuda, pero este lo dejó a la deriva.

—Near Cuba? —preguntó el egipcio.

—Por ahí —dijo Josian, seco, ya de pie—. Where's the bathroom?

Sin mirarlo a los ojos, el mozo señaló un

punto distante y explicó con tono automático. Esperó a que Josian se alejara para informarle a Luis que el café se llamaba El Fishawi. Lo dijo con una reverencia mínima, como si el nombre pesara.

—First time in Egypt?

—Yes… sorry for the English.

El mesero inclinó la cabeza y siguió hablándole despacio, con paciencia ritual. Luis asentía, respondía a medias, sonreía. Cuando el mozo mencionó las pirámides, Luis asintió sin entender; aun así, el nombre le dejó una presión breve en el pecho, como si alguien hubiera tocado una cuerda.

—Selim! —llamó una voz de hombre en dirección al mesero.

—Pardon —dijo a Luis, y caminó hacia un joven egipcio, que estaba sentado con dos chicas, todos fumando pipas de agua.

Luis fijó la mirada en una señora que recibía la bandeja con el té. Siguiendo su ejemplo, levantó su tetera, vertió el líquido hasta llenar la mitad del vaso, añadió un cubito de azúcar y lo deshizo con pequeños golpecitos de la cuchara. Aún imitando sus gestos, reposó la cuchara sobre el plato, tomó el vaso y dio un sorbo.

Se quemó. De un tirón, devolvió el té a la bandeja. Se lamió los labios, lo cogió de nuevo, pero esta vez sopló antes de beber.

«Me encanta como me siento», pensó. «No sabía que viajar era así. ¡Y este país!».

Con un gesto de mano respondió a otro saludo de la chica que lo filmaba desde la distancia, mientras la cámara seguía apuntando hacia él. Escuchó a Josian estornudar y lo vio caminar hacia la mesa.

Una vez más, Josian se dejó caer en la silla. El rostro impecable de Luis le dio ganas de tocarlo y de romperlo, enmarcado por su ropa tan informal que, lejos de restarle, parecía acentuar su perfección, hasta las chancletas de goma.

Mientras tanto, él, con su atuendo que gritaba a los cuatro vientos el nombre del diseñador, se sintió disfrazado. Pero enseguida lo apartó de la cabeza.

Estudió por un rato el rostro de Luis, iluminado por la lámpara que colgaba a la izquierda. Tuvo la impresión de que el chorro de luz sellaba los poros de la piel. El brillo del sudor que perlaba su frente acentuaba este efecto, dejando su rostro liso, casi como enmascarado en nácar.

Bajo el hechizo de esa luz, le resultó aún más cautivador.

—¿Qué pasa? —preguntó Luis—. ¿Por qué me miras así?

—Como que te están saliendo arruguitas aquí y allá, el ángulo de esta luz no te beneficia.

Con la atención puesta en el té, Luis levantó los hombros y los dejó caer, dio un sorbo y ni siquiera se buscó el reflejo en el espejo junto a ellos.

Josian apartó con la mano el humo de la pipa de agua que un egipcio exhaló con lentitud espesa.

—Disimula —dijo Luis—. ¿Quieres té?

Josian frunció el rostro.

—Fo, yo no le pego los labios a ese vaso ni loco. Luis, ya, de verdad. Tómate eso, que costó dinero, y vámonos. Quiero llegar al hotel, te dije que tengo dolor de cabeza.

—Me lo voy a tomar con calma, que ya me quemé.

Josian lo fulminó con la mirada, moviéndose entre el desafío y el desdén. Cada gesto desbordaba una incomodidad que no lograba ocultar.

Una señora mayor, vestida con ropas gastadas, colocó maníes en la bandeja. Mientras observaba a Luis, desafiándolo con la mirada, Josian cogió uno de los maníes y lo llevó a la boca. Lo escupió al instante.

La señora habló sin cesar en árabe hasta que Luis le regaló una libra egipcia. Josian permaneció mirándola, boquiabierto, observando cómo colocaba los maníes en los distintos topes de las mesas, solo para regresar a cada una de ellas a recolectar el dinero.

—¡Qué pantalones! Los pone en las mesas como si fueran regalados y cuando ve que se los comen los cobra. Aquí son unos listos. ¿Cuánto fue que te cobraron por el té?

—Seis.

—¡Pero si acabo de ver que le cobraron casi nada a ese señor, y pidió lo mismo que tú!

—Él es de aquí, no señales.

—En la fila del baño una española me contó

que se montó a camello por el desierto y que cuando…

—Diablo, qué brutal —cortó Luis, y sus ojos brillaron—. ¿Vamos a hacer eso? Dime que vamos a montarnos en camellos.

—Luis, estoy hablando. Dijo que se montó a camello y que cuando ya estaba en el desierto, lejos de las pirámides, el egipcio dijo que si quería regresar tenía que pagarle el doble. Gastó sesenta euros en el condenado paseo a camello. Tan religiosos que se pintan. Y eso que es ramadán.

—Chico, pero a mí me parece que son gente bien pobre.

—Tú y yo somos pobres y no robamos.

—Shhh… saben español.

Josian estornudó.

—Esto ha sido una desilusión. ¡El país entero!

—De verdad, baja la voz.

Más allá del café, la luna ascendió más.

—No es lo que imaginé —dijo Josian.

Un hombre, egipcio a simple vista, los observaba en silencio. Su penetrante mirada trataba de descifrar lo que Josian decía, percibiéndolo desconcertante, incluso ofensivo. Luis sonrió, devolvió el vaso a la bandeja y, con un gesto de paz, levantó la mano derecha. El egipcio asintió apenas, luego desvió la mirada. Algo avergonzado, Luis volvió los ojos hacia Josian.

—Por favor, de verdad, cambia el tema.

—Es que de estos fumapipas no pudo haber salido Nefertiti, y muchísimo menos Cleopatra.

—¿Pero en qué quedamos? En el avión dijiste que Cleopatra era griega.

—Ay, Luis, tú sabes a lo que me refiero. ¿Por qué tienes que defenderlos tanto?

Josian extendió una mano hacia Luis para callarlo y, con la otra, se cubrió la nariz y la boca, como si fuera a estornudar. Sin embargo, no lo hizo.

—Josian, si te vieras.

—¿Tú sabes qué? Me cansé de que tengas una contestación para todo lo que digo y hago. No sé qué avispa te picó.

—¿A mí? —preguntó Luis señalándose con el dedo. Su compostura, absoluta—. Dime algo, Josian: ¿cuándo cambió la energía?, pa' usar una de tus palabras. No entiendo qué es lo que te pasa. No entiendo, de verdad… te juro que no entiendo.

—Bien simple: desde que nos bajamos del avión dejaste de ser Luis.

—¿Cómo que dejé de ser Luis?

—No me haces caso y retas todo lo que digo. No tienes la dignidad de cargarme la mochila. Me hieres diciendo que te sientes como una rata en tu casa, después de todo lo que hago por ustedes, malagradecido. Caminas diciendo que eres Rambo y no mencionas nada de mí haciéndome sentir como un pendejo.

Para sofocar las ganas de reír, Luis se concentró en secar las gotas de té en el tope de la mesa.

—Para serte sincero —dijo Josian—, me has puesto a pensar en si de verdad quiero regresar contigo a tu casa.

El vasito de cristal estuvo a punto de caérsele de la mano a Luis. Resurgió en él la memoria de los tiempos oscuros, como llamaba a los años previos a la llegada de Josian, un período en el que tuvo que enfrentarse solo, casi a ciegas al Alzheimer de su madre.

Devolvió el vaso a la bandeja.

—Perdón, Josian. No va a volver a pasar.

—¿Qué es lo que quieres que perdone? ¿Que aquí no seas el verdadero tú?

—Ahora me siento mal, chico. Perdóname, de verdad. Creí que tú querías que me gustara el viaje.

—Disfruta, para eso te traje, pero, tú sabes… cógelo suave, sin volverte loco tan rápido.

Cuando las chicas de la excursión se alejaron, Josian aflojó los hombros y se sintió más dueño de la silla.

—Voy a devolver la pipa —dijo Luis.

—Quédatela, como adorno está espectacular. La vamos a poner en la mesa de la sala, junto a mi libro de Cleopatra. Hubiera pagado la diferencia por la más grande que fue la que me gustó, pero como no pediste mi opinión…

—Perdón.

—Te perdono —respondió Josian, con un tono que pretendía ser compasivo—, quiero que lo pases bien, lo sabes. De lo contrario, no hubiera pasado tanto trabajo en traernos hasta aquí.

La confusión se reflejó en el rostro de Luis.

—Dime que estás pensando ahora mismo —ordenó Josian.

Luis intentó organizar sus pensamientos.

—Nada, me siento bien mal, de verdad.

—En casa nunca me hubieras peleado así, Luis. Lo importante es que no vuelva a suceder. Tenemos que pasarla bien. ¡Egipto! ¿Puedes creerlo? ¡Estamos en la tierra de los faraones!

Con renovada energía, Josian aprovechó el silencio entre ambos para examinar el café.

«A la verdad que este lugar está de show», pensó. «¡Esos espejos! Están bellos».

Se sirvió té y lo probó con la misma calma con que Luis lo había tomado antes.

—Fíjate, no sabe mal.

Luis miró su reloj, el hueco bajo el seis, como si todavía ardiera. Josian miró el suyo: con menos prisa, más intención.

—Anda pal' cará, Luis, mira la hora. Nos tienen que haber dejado.

Luis extendió la mano hacia la mochila.

—Dámela, yo la cargo.

Josian la entregó con una ligera sonrisa.

—No, don't go —pidió el mesero a Luis—. My friends want to meet you. They think you are a famous soccer player.

Luis miró a Josian; este negó con la cabeza.

—No time —dijo Luis, pero el mozo lo tomó del brazo e insistió en conducirlo hasta una mesa.

Lo acercó a un grupo de jóvenes egipcios, tres chicos y dos chicas, ambas sin velo y maquilladas. Lo esperaban con una evidente expectación. Ya muy cerca del grupo, el mesero le susurró algo al oído.

—¿Qué te dijo? —preguntó Josian.

—No sé, habló bajito.

—Luis, no me mientas.

—No entendí, te lo juro.

—What did you tell him?

—Josian, plis, cállate.

—What did you tell him?

—Josian, por favor…

—I said they like him.

—We have to go now —cortó Josian, y haló a Luis.

Las chicas intercambiaron miradas. Sonrojado por la vergüenza y con los ojos vidriosos, Luis se disculpó con un sencillo «adiós». Luego, siguió a Josian, quien, por un mal viraje, los adentró aún más en ese enmarañado laberinto de callejones coloridos y murmullos flotantes.

Caminaron sin hablar. El ruido del bazar ya no era euforia. Era roce: hombros, telas húmedas, respiraciones ajenas.

Luis llevaba la mochila colgada al frente y la

sujetaba con ambas manos, como si así pudiera mantener algo en su sitio. No sabía qué pesaba más: la mochila o el humo. Pensó en decir algo liviano. No lo hizo.

Se prometió no pedir perdón otra vez. Y esta vez se creyó.

Al salir, la oscuridad sorprendió a Josian. Creyó entrever un fragmento de luna a través del único resquicio entre los edificios.

«Está llena», pensó.

El resplandor amarillo lo buscaba con una fuerza extraña. Evitó volver a mirar.

Pensó en el hospital. En las noches de luna llena.

Con una sacudida de cuerpo, como si el frío lo invadiera, rechazó las imágenes que lo acosaban. Casi de forma automática, se persignó.

Los demás turistas en el autobús aplaudieron al verlos llegar. Los habían esperado media hora.

Con el deseo de llorar a punto de desbordarse, Luis tomó asiento, seguido por Josian. Este percibió el sutil olor a perfume mezclado con sudor seco que emanaba de Luis. Le bastó mirar de reojo la forma del cuerpo bajo la camiseta para sentir una punzada: deseo y rabia en el mismo sitio.

Esperó a que el guía se sentara. Miró disimuladamente a los pasajeros cercanos, asegurándose de que no los observaban. Con un movimiento cuidadoso, deslizó su mano sobre el muslo de Luis, frotándolo suavemente, y se permitió un roce mínimo, como una prueba.

Luis sintió el impulso de apartarlo de un golpe, pero la frase «me has puesto a pensar en si de verdad quiero regresar contigo a tu casa» le amarró las manos. Pensó en su madre.

—Play the café —dijo la chica de la cámara de vídeo, sentada ahora justo detrás de ellos—.

Let's see again the cute bartender, the one with the gray eyes.

Bien simple: desde que nos bajamos del avión dejaste de ser Luis. ¿Cómo que dejé de ser Luis? No me haces caso y retas todo lo que…

—No, no, fast forward —dijo la chica a su amiga.

El coraje emergió con fuerza en Josian. Atónito, soltó el muslo de Luis, apretó los labios y se dio la vuelta, decidido a enfrentar a la chica.

—You guys are in it —dijo ella—. Were you fighting? I don't understand a word you are saying. Want to see it?

Con el corazón acelerado, Josian tomó la cámara y apretó el botón de play. La imagen se desplegó: el café por dentro, humo, risas, cuerpos. De pronto, Luis.

El coraje fue creciendo en Josian al reconocer los ojos verdes de Luis ampliados en la pantalla. El enfoque se ajustó ligeramente, mostrando a Luis tomando té, sonriéndole a la gente, mirando hacia la cámara y saludando con la mano mientras la imagen temblaba a penas un segundo.

Josian escuchó su propio estornudo por encima de la algarabía del café, justo cuando el enfoque retrocedía y la escena se extendía en su totalidad.

«Qué ridículo».

Le subió calor al rostro, como fiebre rápida.

La palabra se le quedó fija.

Las lágrimas empezaron a salir sin permiso.

«Ojalá vea lo mismo que yo», pensó Luis. «Que se vea completo».

En silencio, Josian le pasó la cámara a Luis, quien a su vez se la devolvió a su dueña.

—What were you talking about? —preguntó la rubia.

—Camille, shut up —susurró la amiga, dándole un codazo.

Luis se recostó contra el cristal. Cerró los ojos para frenar las lágrimas y reprimir las náuseas. Trató de recuperar un aliento que sentía perdido mientras el frío del vidrio le sostenía la frente.

Dejando atrás el bullicio del bazar y adentrándose en la autopista elevada, alcanzó a ver la multitud en las calles de abajo, en constante vaivén. Divisó a una anciana siendo cargada por dos policías.

En un acto reflejo, tensó el cuerpo.

«Hay que llamar a casa», pensó. El reflejo antiguo volvió: vigilancia.

Se volteó hacia Josian, pero este apoyó la cabeza contra el respaldo y cerró los ojos. Con los brazos cruzados, Luis pasó el resto del trayecto pensando en su madre.

—Giza! —anunció el guía al llegar a un redondel al final de la calle, frente al altiplano del desierto.

El autobús giró a la derecha, alineándose con el tráfico. A mitad de la curva, hizo otro giro hacia la derecha, dejando el desierto a la izquierda. Justo en ese momento, un destello amarillo brilló sobre la meseta.

Luis distinguió la punta de una pirámide, apenas visible entre las finas capas de polvo y arena. Su mano voló al corazón. La luz se desvaneció, pero no tardó en aparecer otro destello que la iluminó brevemente, provocando que los murmullos de los pasajeros se transformaran en bulla, acompañados de aplausos y flashes de cámara.

—The sound and light show —dijo el guía.

Josian miró por la ventana, buscando el origen del alboroto, pero solo encontró los reflejos de los destellos fotográficos en el cristal. Dejó de indagar en lo que hubiese más allá, temeroso de toparse con el rostro de aquella luna, inquietantemente ajena para él.

Poco después, el chofer frenó justo ante un edificio resplandeciente.

—Mena Palace! —anunció el guía.

La nueva ola de silbidos y aplausos resonó con fuerza, llenando el aire con una alegría contagiosa al saber que finalmente habían llegado al tan esperado hotel. Sin embargo, esa alegría no logró contagiar a Luis ni a Josian, quienes permanecieron sin sonrisa en el rostro.

En el vestíbulo, Luis preguntó por la ubicación del baño. Mientras el egipcio lo escoltaba, Josian se apartó hacia una esquina, siguiéndolos con la mirada.

Desde allí, recorrió con los ojos la pompa arabesca que en el catálogo le había parecido majestuosa. Ahora, ante su magnitud real, sintió un nudo en el estómago.

Un hombre, con guantes de látex ajustados y una linterna firme en la mano, le dijo algo en árabe. Su tono era neutro, pero la barrera del idioma lo hizo sonar aún más impenetrable.

—I don't speak Arabic.

—I have to check your handbag.

Josian la levantó sin que se lo pidieran dos veces.

El guía lo escuchó desde el mostrador, donde entregaba a la empleada los documentos de los integrantes de la excursión. Giró levemente la cabeza, atento al intercambio, sin dejar de atender su tarea.

—I think he is with me, Wael. Right, are you with me?

—Yes, I am —contestó Josian, con sumisión.

«Qué vergüenza», pensó, «no se acuerda de mí». Se encogió aún más al ver la reverencia con que el guía y el empleado de guantes de látex le franqueaban el paso a Luis.

Se fijó en el cabello castaño de Luis, pegado por el agua, peinado hacia atrás. Sus ojos tenían una claridad inesperada: un verde intensamente vivo.

—¿Podemos llamar a casa? —preguntó Luis.

—Allá es otra hora, si despertamos a tu mamá, Marta me mata. Tenemos que esperar.

—The luggage is on its way to your room —anunció el guía, dirigido a Luis: su semana entera reducida a una sola mochila; la de Josian, en cambio, repartida en dos maletas hinchadas.

Le entregó un sobre.

—The complete itinerary.

—Thanks —dijo Luis.

En un movimiento automático, le entregó el sobre a Josian.

Se detuvieron frente a las puertas cerradas del ascensor. Luis presionó el botón repetidamente. Josian abrió el sobre, sacó el papel y leyó el itinerario: días largos sin aire.

Arrugó el papel como si estuviera arrugando una semana entera. Lo arrojó al cubo de basura más cercano.

Luis sintió que podría desmoronarse si el ascensor no llegaba en los próximos segundos. Se quedó inmóvil, con la mente fija en su respiración, mirando las puertas cerradas hasta que, al fin, el ascensor emitió un pitido.

Entraron en silencio. Durante el ascenso, solo sus respiraciones rompían la quietud. El empleado, sin atreverse siquiera a respirar, miró de reojo a uno, luego al otro.

La majestuosidad de la habitación quedó sin ojos. Josian encendió apenas una lámpara de mesa; la luz no alcanzó el intrincado tallado arábigo ni las incrustaciones de madreperla. El esplendor de la tapicería se apagó en un silencio opaco. La habitación se replegó.

Ninguno de los dos se detuvo a contemplar los misterios latentes más allá del ventanal.

Josian inspeccionó su equipaje. Luis se quitó la camiseta y se tendió boca arriba sobre la alfombra en el piso.

Después de revisar sus maletas, Josian se sentó en el borde de la cama, de espaldas al ventanal donde la luna llena quedaba enmarcada. Envuelta en una capa de arena, su luz parecía opaca.

Con una inquietud latente y el pulso alterado, Josian miró a Luis. Este cruzó los brazos detrás de la cabeza, usándolos como soporte. Antes de darse cuenta, casi de forma involuntaria, Josian ya tenía la mirada fija en el torso de Luis, delineado por la luz lateral de la lámpara. La piel parecía tensarse bajo el brillo mínimo del sudor, como si el cuerpo entero hubiese sido trazado con una precisión que no admitía réplica. Bajó la vista apenas un segundo más y tuvo que apartarla.

Sacudió ligeramente la cabeza.

«No tienen derecho a humillarme así», pensó. «Bendito de ellas si las vuelvo a ver. Les voy a romper la cámara».

—¡Qué sofocón aquí! —dijo, todavía de espaldas al ventanal—. ¡No puedo, no puedo!

Levantó el auricular del teléfono. Antes de marcar, dirigió una mirada a Luis.

—Voy a pedir una Coca-Cola. ¿Tienes sed?

—Que si qué… me tomaría un litro de ron.

—Tomaré un trago yo también.

—Tú no bebes alcohol —dijo Luis, genuinamente sorprendido.

—Y tú no bebías té —cortó Josian.

Josian recorrió la habitación con la mirada, como si buscara algo que lo incomodara. Sus pasos resonaron con una firmeza inusual en él. Se acercó a lo que creyó un ropero antiguo, un mueble que, en otro momento, habría admirado e incluso fotografiado. De un golpe, abrió sus puertas. Su sorpresa fue mayúscula al descubrir una pequeña nevera empotrada, llena de diminutas botellas de whiskey y ron.

Abrió la de ron oscuro. La vació de un solo trago. El calor le subió como una chispa: pecho, nuca. Y algo que él tenía sujeto —a fuerza de años— por fin se soltó.

—No sabía que esto relajaba —dijo tras vaciar una segunda botella, la de ron cristalino.

La hizo girar entre los dedos.

—Me gusta. Y mucho.

Pensó en las guardias del hospital.

«La pondré en un hogar», pensó Luis, todavía acostado en el piso. «Y la visitaré todos los días».

Sintió una extraña tranquilidad, sin la prisa habitual en sus latidos que siempre generaba ese tema.

—Luis… —dijo Josian después de un rato, recostado de espaldas en la cama, con la lengua pesada.

—¿Qué?

—Nos vamos mañana.

—¿Qué, qué?

—Se acabó el viaje.

Luis tardó un momento en responder. No lo miró. Sintió que, si hablaba ahora, nada volvería a colocarse en su sitio; aun así, fue ese punto sin regreso el que le dio calma.

Entonces habló.

—Pues tú en tu casa y yo en la mía. Así, cada uno con lo suyo.

La frase salió baja. Igual cayó pesada.

Josian no respondió de inmediato. Parpadeó, como si la frase hubiese llegado con retraso, y por un segundo pensó haberla entendido mal. Esperó una rectificación. No ocurrió.

Se incorporó como pudo.

—¿Ah, sí? —intentó incorporarse en la cama, pero el ron le pesaba en la sangre. Sintió el mundo dar vueltas y dejó los dardos envenenados atrapados en la lengua.

Luis apagó la lámpara de mesa y se recostó de espaldas nuevamente en el piso.

La luz se fue. Por un momento ninguno supo dónde estaba el otro. El viento soplaba en el desierto, mientras sus ráfagas descorrían la cortina flotante de polvo y arena, dejando al descubierto la cara plateada de la luna llena. Brillaba con una intensidad casi cegadora.

La claridad de la luna entró en la habitación y la volvió otra cosa. En los ojos la luz no caía: se quedaba.

La imagen mental de las pirámides volvió a Luis con tal fuerza que le martillaron.

Aún tendido en el piso, mantuvo los ojos abiertos hacia el techo: en la oscuridad sus pupilas retenían aquel brillo pálido, fijo, impropio de la habitación, una claridad fría.

—Coño, mano… —murmuró, pensando en voz alta—. Estar tan cerca de las pirámides y no verlas.

Con los ojos fijos en el techo, no vio a Josian acercarse al ventanal. Allí estaban las pirámides, enteras. La luz las encontraba, las perdía; luego volvían, como si respiraran.

Los ojos de Josian, nublados por el ron, tardaron en clavar el colmillo. En la pupila la luna permanecía entera y, en su círculo pálido, las pirámides cabían. Parpadeó una vez.

La sonrisa más retorcida le nació en los labios. De un tirón cerró la cortina.

—Confórmate. Viste las puntas.

www.ingramcontent.com/pod-product-compliance
Lightning Source LLC
LaVergne TN
LVHW051008080826
845145LV00009B/2516

* 9 7 8 0 9 6 5 0 1 1 9 0 7 *